Czytamy z Franklinem

Franklin
urządza piknik

BARDZO
DUŻE
LITERY

Książka powstała na podstawie animowanej serii
pt. *Witaj, Franklin*, wyprodukowanej przez Nelvana Limited,
Neurones France s.a.r.l. i Neurones Luxembourg S.A.

W oparciu o książki o Franklinie napisane przez Paulette Bourgeois
z ilustracjami Brendy Clark.

Ilustracje: Sean Jeffrey, Sasha McIntyre i Shelley Southern.
Historia została napisana przez Sharon Jennings.
Na podstawie odcinka telewizyjnego pt. *Franklin urządza piknik*,
tekst Brian Lasenby.

Franklin jest znakiem zastrzeżonym Kids Can Press Ltd.

Projekt postaci Franklina: Paulette Bourgeois i Brenda Clark
Tekst copyright © 2006 Contextx Inc.
Ilustracje copyright © 2006 Brenda Clark Illustrator Inc.
Tłumaczenie: Patrycja Zarawska

Copyright © Wydawnictwo DEBIT sp. j.
43-300 Bielsko-Biała, ul. M. Gorkiego 20
tel. 33 810 08 20
e-mail: handlowy.debit@onet.pl

Zapraszamy do księgarni
internetowej na naszej stronie:
www.wydawnictwo-debit.pl

www.Franklin.pl

ISBN 978-83-7167-575-1

Franklin
urządza piknik

WYDAWNICTWO

DEBIT

Franklin umiał już sobie zawiązać
buty. Umiał też dobrze liczyć.
A także przygotować sobie drugie
śniadanie. Na drugie śniadanie
najbardziej lubił przekąski
z muszkami. Uwielbiał muszki.
Mógł ich zjeść naprawdę
mnóstwo. Jednak jego koledzy
nie lubili muszek. I oto
okazało się, że jest to problem.

Pewnego dnia
Franklin grał
z kolegami
w bejsbol.
Właśnie przyszła
jego kolej
na wybijanie.

– Ojej! – zawołał nagle miś. – Już
po dziesiątej! Muszę iść do domu
na drugie śniadanie.
– Ja też – oznajmił skunks.
– I ja, i ja – powiedzieli po kolei
wszyscy koledzy.
– Poczekajcie chociaż chwilę! –
chciał ich zatrzymać żółwik. –
Teraz miałem wybijać…
Ale koledzy nawet się nie obejrzeli.
Wszyscy pędem pobiegli do swoich
domów.
– No trudno… – westchnął Franklin.

Co było robić. Franklin też
poczłapał do siebie do domu.
Jego rodzice dokądś wyszli. Mały
żółw przygotował sobie ulubione
kanapki. Usiadł przy stole i zjadł
drugie śniadanie w samotności.

Zaraz po śniadaniu pośpieszył
do parku. Był pierwszy, więc
zaczął czekać na kolegów.

Czekał…

… czekał…

… i czekał.

Koledzy schodzili się powoli.
Franklin miał dużo czasu
na myślenie.
– Wiecie co, mam świetny
pomysł! – ogłosił. – Zjedzmy
jutro drugie śniadanie razem.
– Czyli urządzamy piknik? –
zapytał miś.

– Tak – potwierdził żółwik. –
Ja przygotuję prowiant.
– Zapowiada się nieźle –
ucieszył się miś.

Podczas obiadu Franklin
opowiedział rodzicom
o planowanym pikniku.
– Sam zajmę się prowiantem! –
oznajmił z dumą.
– A co przygotujesz? – zapytała
mama.
– Oczywiście kanapki z muszkami
i muszkowe ciasteczka – rzekł
Franklin.
– A czy twoi koledzy lubią
muszki? – spytał tato.
– Wszyscy lubią muszki – odparł
żółwik.
– Hmmm – mruknęli rodzice,
ale nic nie powiedzieli.

Wieczorem Franklin zabrał się
za pieczenie ciasteczek.

Wyjął z szafki
mąkę i cukier.
Z lodówki wziął
jaja i mleko.

Dodał do masy
dwie miarki
oblanych czekoladą
muszek.

Potem wyrobił ciasto.
Rozwałkował
je i wykroił
kółeczka.

Mama pomogła mu włożyć blachę
do piekarnika. Kiedy ciasteczka się
upiekły, wyjęła gorącą blachę.
– Cudownie pachną – cieszył się
Franklin. – Wszyscy będą się
o nie bić.
– Jesteś pewien? – zapytała mama.
– No jasne! – roześmiał się żółwik.

Następnego dnia rano Franklin
przygotował muszkowe kanapki.

Wyjął chleb
muszkowy
i pokroił go
na kromki.

Otworzył nowy słoik
pysznego masła
muszkowego.

Z drugiego słoja
wyskrobał do dna cały
muszkowy dżem.

Potem zawinął kanapki w papier śniadaniowy.

– Same pyszności – mruczał pod nosem. – Koledzy będą zachwyceni.

– Czy aby na pewno? – spytał tato.

– No jasne! – odparł Franklin. – To przecież wspaniałe drugie śniadanie.

Franklin wyjął przenośną lodówkę. Włożył do niej kanapki i ciasteczka. Jeszcze tylko coś do picia. Żółwik wlał do wody miarkę syropu muszkowego i porządnie zamieszał.

– Wszystko gotowe – orzekł. – To będzie niezapomniany piknik.

Franklin grał z kolegami w bejsbol przez cały ranek. Minęła jedna godzina i druga.

– Chyba robię się głodny – zauważył skunks.

– Ja już umieram z głodu – powiedział miś.

– Ja też jestem
bardzo głodny –
stwierdził bóbr.

– I ja! – dodał
królik.

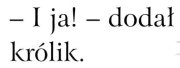

– No to zaczynajmy nasz piknik! –
zawołał Franklin.

Wszyscy pomogli
w przygotowaniu pikniku.
Miś rozpostarł na trawie koc.

Bóbr porozkładał
talerze i kubki.

Królik i skunks przytaszczyli
przenośną lodówkę. Była ciężka.
Wyglądało na to, że jest w niej
dużo dobrego jedzenia.

Franklin wyłożył
prowiant na koc.

Koledzy usiedli na kocu.

– Co przygotowałeś, Franklinie? – zapytał bóbr.

– Muszkowe kanapki i muszkowe ciasteczka – odparł żółwik. – Sam je upiekłem.

– O, nie! – jęknął skunks.

– Nie cierpię muszek – powiedział
królik.

– Ani ja! – dodali chórem
pozostali.

– Lubię mrówki – wyjaśnił bóbr.

– Ja też! – zawołali chórem miś,
królik i skunks.

– Ale przecież
muszki są pyszne! –
zdziwił się Franklin.

Franklin przysunął sobie całą górę
jedzenia. Koledzy tylko patrzyli.
Żółwik odgryzł kęs grubej
muszkowej kanapki.
– Mmm, jest wyśmienita – rzekł.
Koledzy cofnęli się z przerażeniem.

– No, nie przesadzajcie – rzucił Franklin. – Spróbujcie chociaż kawałeczek. Na pewno wam zasmakuje.

– Nnnie wiem – zastanawiał się miś. – Jestem bardzo głodny. Może się skuszę... Pozostali przytaknęli głowami.

Koledzy przez chwilę patrzyli
na stosik kanapek. Potem wzięli
sobie po jednej. Każdy ugryzł
po trochę. Każdy próbował
pogryźć kęs i przełknąć.

I każdy w końcu zawołał: ŁEEE!

Nikt nie mógł zjeść muszkowych kanapek. Ani odrobiny.

I wtedy przyszła mama Franklina.
– Czy ktoś jest głodny? – zapytała
wesoło. – Przyniosłam pizzę.

– Hura, pizza! – ucieszyli się
wszyscy.
– A czy... czy nie ma na niej
muszek? – zapytał przezornie bóbr.
– Nie – mama Franklina pokręciła
głową. – Są tylko mrówki.
Wszyscy uznali, że to świetnie.
I każdy poprosił o dwa kawałki.
Oprócz Franklina, rzecz jasna.

– Mrówki?! – zawołał Franklin. –
O, NIE!!!